KB133641

이두호 장편 시대극화

객주

객주

10

글·그림 이두호

원작 김주영

얼마 전에 출판사로부터 《객주》를 다시 개정해서 출간한다는 얘기를 들었을 때 기쁨 반 우려 반이었습니다. 부끄러운 작품이지만 다시 독자들을 만날 것을 생각하니 설레는 한편, 출판사에 부담만 끼치는 건 아닐까 하는 걱정도 들었습니다.

여러분도 아시다시피 《객주》는 이미 연재와 단행본으로 선보였던 작품입니다. 《객주》를 그릴 땐 마감 시간에 쫓기면서도 나름대로 최선을 다했다고 생각했는데 지금 다시 펼쳐 보니 왠지 부끄러운 마음이 앞섭니다.

처음 김주영의 소설 《객주》를 손에 쥐었을 때, 책장을 넘기면 넘길수록 뜻을 알 수 없는 말들 때문에 엄청난 충격을 받았습니다. 꼬부랑 글도, 외계인 말도 아닌 순수한 우리 글, 우리 말인데도 불구하고 내겐 낯설기만 했습니다.

바지저고리로 대표되는 민초의 모습을 그리고자 했던 그 즈음, '이 소설을 만화로 그리면 어떨까?' 하는 생각이 스치더군요. 내가 미처

알지 못했던 무수히 많은 우리 말을 내 것으로 만들 수 있지 않을까 하는 욕심과 함께 말입니다.

물론 천봉삼을 비롯한 다양한 등장인물들이 보여주는 개성과 탄탄한 스토리에 흠뻑 빠져든 탓도 있었을 겁니다.

그렇게 태어난 것이 바로 만화《객주》입니다. 모든 작품이 그렇겠지만 쉽지 않은 작업이었고 그만큼 작가로서의 숱한 고민의 흔적이 남아 있는 작품입니다.

원작에 담긴 뜻을 제대로 표현해내기 위해 노력했고, 만화적인 재미 또한 놓치지 않으려 애썼습니다.

그런 만큼 독자 여러분들도 만화《객주》가 가지고 있는 재미에 빠져드시길 바랍니다. 그리고 그동안 잊고 지냈던 우리 말과 우리 글의 매력도 한껏 느껴보았으면 좋겠습니다.

2015년 3월
이두호

일러두기

- 원작에 등장하는 인물 중, 월이는 매월이와의 혼동을 피하기 위해 잔금이로 바꾸었습니다.
- 원작에서는 죽게 되는 선돌이는 살렸으며, 못된 짓만 골라하는 길소개는 원작과는 다르게 죽였다는 것을 귀띔해 드립니다.

객주

10

등장인물

신석주

천봉삼

조소사

맹구범

매월이

잔금이

길소개

최돌이

선돌이

유필호

천소례

조성준

민영익

석가

김보현

민겸호

뻑쇠

송만치

이용익

운천댁

…….

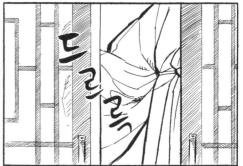

드르르

마님!

…….

시생이 청미천에서
실한 잉어 한 놈을
구해 왔습지요.

용봉탕입니다요.
맛이 그만입죠.

오늘이
며칠이오?

!

칠월 스무이틀
이옵니다.

……

칠월 스무이틀….

그렇다면
내가 이곳에
머문 지 한 달?

…….

…….

마님,
모처럼 만든
별미인데 한술
들어보시지요.

거기 냉수나
한 잔 주게.

…….

십 년은 된 듯한데
한 달이라니….

맹

맹

맹

맹

……

장례까지 치른 사람이
되살아나서
영화의 자리에
복귀한다…?

그런 말
들어보시었소?

마… 마님!

심청이 빼놓고는
고금에 없는 일
아니오?

그래도
드셔야지요.

일 없다니까.

복더위에 허하면
몸 상하기
십상입니다.

귀찮구나.

냉수나 들여놓고
네 볼일 봐라.

…….

…….

쯧쯧….

이거야 원!

옆에서 보고 있는
사람이 먼저
말라 죽겠네!

에그머닛!

미…
미안!

17

18

복순아!

그럼
그렇지.

혼령도 아닌
생목숨이
어떻게 굶고 살아?

새로 준비한
옷을 내오너라.

너울도
함께!

진지상
올리는 게
아니굽쇼?

실없는 소리 말고
냉큼…

……

어둠발이
내리는데
어딜 가시게요?

말이
많구나.

이… 이게
어찌 된 일이오?
이 감역!

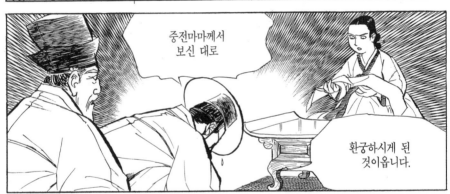

중전마마께서
보신 대로

환궁하시게 된
것이옵니다.

이… 이것이 정녕
꿈은 아닌지?

감축하옵니다.
중전마마!

오오… 그래!
어서 들어오게.

이씨녀라 했던가?

예, 마마!

영험하고 귀여운 사람!

처음부터 내가 누구란 걸 알고 있었겠지?

황공하옵니다.

모든 것이 자네 말과 꼭 같아.

내가 회정할 때에 따르도록 하라.

주… 중전마마!

대… 대명을
우러러 받자하니
이런 호강이
만고에 없사오나,

저 같은 천출이
배종하다니요…
마마의 체모에
욕이 되옵니다.

안 돼!
이제 와서 그런다고
나의 발길이
가벼울 것 같은가?
겸사도 지나치면
폐단이야.

아… 아니옵니다.
쇤네가 마마의 곁에
있는 것이
더 큰 폐단이옵니다.

국모의
명(命)일세.

마… 마마!
어명이라면 받들어
각별 거행하겠나이다.

중전은 이용익이 건네준 밀지를 읽고 또 읽었다.
몇 번을 되보았으나 손에서 떼지를 못하였다.

밀지에는 지아비로서의 애틋한 그리움이 자구마다 넘쳐흐르고, 멀지 않은 장래에
영접사를 내려보내 중전을 정중하게 대궐로 모시겠다는 간곡한 글발이 적혀 있었다.

그… 그런데?

날짜가
칠월 스무이틀로
적혀 있구먼.

오늘이 스무이틀이라
하지 않았소?

그러하옵니다.
중전마마!

어찌 된 일이오?

오늘 받은 밀지가 해가 떨어지기도 전에… 내 손에 들어오다니.

아침에 발행했사옵니다.

하도 기쁜 나머지 소인도 어떻게 달려왔는지 모르겠습니다.

!

아… 아무리 기쁘기로서니 그렇게 빨리?

감역의 마음이 나의 심정과 같았음이 아닌가?

내 잊지 않으리! 오늘의 일을 정녕 잊지 않으리라.

고종은 탑교를 내리어 어윤중(魚允中)을 영접사로 삼고 청국측에 부탁해 백 명의 호위군사들을
조발하여 장원촌으로 내려보내니 충주목에 당도한 날짜가 칠월 스무엿새가 되었다.

그리되고 보니 팔월 초순에 환경(環京)하리라던 매월의 말이 또 한 번 여지없이 적중되었다.

도시위!

※도시위 : 봉도(奉導)에 쓰는 말. '가교의 머리를 돌리어 모시라'는 뜻.

예시위!

※예시위 : 봉도에 쓰는 말. '모시고 나가자'는 뜻.

마마!

중전마마

중전의 환궁(還宮) 행차에 조그만 사건이 하나 생겼다.

환궁하는 첫걸음에 뛰어와 감읍하는 거동이 결코 밉지 않았던 중전의 마음은
가교를 멈춰 세우기에 족했다.

선비는
어디 사는
뉘시오?

소생은 원래
대동청 창관으로
주변했사온데….

군란통에 죽을 뻔했고, 국상이 선포돼
망극한 마음으로 이리저리 유리 방황했고,
어쩌고 한참을 주절대던 길소개가

장원촌에 무업으로 종사하는 외사촌 누이에게 의지하고자 왔노라는 대목에 이르게 되자 중전은 더욱 큰 호기심이 일어났다.

만신의 택호가 무엇이오?

금곡골 이씨녀라 하옵니다.

이런 기막힌 인연이 있나!

창관이 찾고 있는 누이가 지금 나와 동행하여 환궁 중이라오.

예?

내 욕심으로 한집안 동기간의 상봉을 훼방할 뻔했네.

뒤따르던 매월이가 앞으로 불려왔고, 궐녀는 어느새 옷고름으로 생눈물을 찍어내고 있었다.

이 선비와
동기간이라며?

십수 년 소식이
두절되어
수소문만 하고
있었는데….

경사로다.
창관도 나와 함께
동행함이 어떻겠소?

주… 중전마마!

은혜가 하해와
같사옵니다.

……

예시위!

예시위이

이놈! 길소개!

…….

재미있군! 길소개가 만신의 외사촌 오라비?

제길…
죽은 제갈량(諸葛亮)이
살아 있는 중달(仲達)을
혼돌림 시켰다는 말이
실감나네!

맞아!
죽었다던
중전이

손가락 하나 까딱 않고
대원위 대감을 청국 깊숙이
쫓아보낼 줄이야…

누군들 꿈이나
꿔봤겠나?

......

갈림길
이네!

어쩌시겠소?
이번 난리통에
송파 동무들은
탈기되어 있는데….

더구나
행수 격이던
유 생원님도
오랫동안
자릴 비웠고.

지금 송파로 가자고
짓조르는 것인감?

자네도 평강 처소 꼴이
어찌 됐을 건 불보듯
뻔히 알고 있잖여.

그까짓
군총배들…!

37

흥선 대원군이 청국으로 치납되고, 청군들이 왕십리와 이태원을 뒤져 군정들을 마구잡이로 검색할 때 용하게 모가지를 건져낸 자들은 유필호를 따라 평강 처소로 숨게 되었다.

왜 사서
고생이시우?

아니래도 개꼴난
우리들 아닙니까?

개꼴
이라니?

기를 쓰고 대원군을
따라 나섰다가
되려 걷어채이고

민씨 척족이
들어서기 무섭게
뺨맞기 바쁘니

우리 보부상단은
그야말로 오뉴월
개꼴 아닌감?

아니 그럼 자넨 당장
공경대부가 될 듯해서
궁둥이 들썩이며
따라붙었었나?

우리 신세야 늘
오뉴월 개꼴이었지. 달리
대접받았던 적이 있었어?

보부청이 혁파됐다면
이제 나랏님도
우리들을 몰라 하고
내친 것인데,

이런 판국에 행수님이
떡 버텨주셔야
의지간이라도 될 게
아닙니까?

평강엔
유 생원이 있으니
송파 처소엔
당연히….

평강은 송파와
다르이.

또한 유 생원이야
쫓기는 신세이니
제 한 몸 가기도
힘든 처지고.

쫓기는 신세야
행수님도
마찬가지우.

아무튼 송파는
일단 자네가 좀
맡고 있어야겠어.

평강이 어그러지면
원산포까지 공들여
닦아논 상로가
날아가게 되는 것을
자네라고 모를까.

조오타!

고것 참 떡판
한번 실하네.

떡판만 좋으면
뭘해? 떡메도
좋아야지.

41

남정네들이 일들은 안 하고 웬 육담이 그리도 낭자한겨?

육담이라니?

꺌 꺌 꺌!

떡 먹어본 지가 하도 오래되어 해본 소리지.

촤 아 악

아푸푸!

에취!

아니 이게 무슨 행짜여?

똥물이 아닌 게 다행인 줄 알어.

아… 아니!

떡 먹고 싶은 사람이
떡치는 얘기 하는 건
당연하잖여.

떡 치려면 떡메와
떡판이 있어야지.

안 그런감,
여보게들?

그럼, 그럼!

멀쩡한 사람에게
물벼락 내리고

똥물 아닌 걸
다행으로
여기라니….

세상에 이렇게
못돼먹은
풍속도 있었나?

이것들이 죽지 못해
실성들을 했나?

얹혀 사는 주제에
구린내 풍기는 아가리로
핫어미를 희롱하고도
되려 큰소리야!

어어어…!
어따 대고
팔뚝질이야.

잘하면
찌르겠네.

43

44

여지껏 성깔 없어
참아온 줄 아냐?
이놈들아!

이녁이
참으소.

찍어봐!

못 찍어도
병신이다!

오냐,
이놈들!

훅

악!

턱

45

이건 또
뭐야?

쫓겨와 숨어지낸다고
이젠 우리가 사람으로
뵈지도 않나?

......!

말해봐!
이래도 되는 건지.

이녁이
참고 갑시다.
무서워 죽겠소.

이… 이것들이
떼거지로
나서는군.

우리 동료들이
사람 대접도 못 받고
신산(辛酸)을 겪고
있는데 바라만 보고
있을 수야 없지.

46

사람 대접 받으려면
사람같이 굴어야지!

범절은 고사하고
본데없는 날탕패들 같이

우리 처소를 쑥밭으로 만들려고
작정하고 온 놈들 아녀?

옳거니! 한 판
붙어보자는 거로군.

47

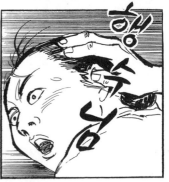

해… 행수님!

유 생원님은
어딜 가셨길래
처소가
이 지경 났어?

목재 구하러
나가셨는데
연락 두절입니다.

목재?

군총이었던 새 식구들 거접할
의지간으로 마당 뒤편 한터에
행랑 한 채를 지어야겠다시며…

언제?

열흘이
넘었습죠.

......?

......!

아무리 윗사람이
부재중이기로서니

자네들이
세난 애들도
아닌데!

!

51

술청도 아닌
처소 한가운데서
패싸움을 벌여?

······

······

갑자기 벙어리가 됐어?
할 말들 있으면 해봐.

처음에는···.

서로 생소한
처지들이니

아퀴가 맞지 않아서
그러려니
했습니다만···.

······.

이젠 장사고 뭐고 눈에다 쌍심지를 켠 채

하루종일 제 여편네 궁둥일 감시하고 있는 동무들이 행중의 절반은 넘습니다.

왜?

저 군총놈들의 당초 모습이 흡사…

새끼 내지른 암캐들 모양 비쩍 마른 상호들이었소.

그랬을 터이지.

우리가 드난하고 몸조리 해준 덕분에 신기들 차려서

누깔에 뭐가 보일만 하자마자…

하자마자…

거두어 구휼해준 처소의 은덕을 헤아려

얌전히 근신하기는 커녕

커녕…

아낙네들을 상종하여 육담하기 여반장이오.

심지어 찬방 뒤주의 뒷박 곡식과 곳간의 무명 짜투리까지 옭아내어

장거리에 나아가 술추렴하는 놈까지 생겨났습니다.

뭐야?

이것들이 처소를 어찌 봤길래 도둑질까지….

앉아.

본시 사내란 갓 쓰고 똥누기 예사요,

혈기방장한 나이에 색탐 또한 예사로운 것이고….

처소의 율을 모를진대
방자하게 노는 것도
있을 수 있는 일 아니겠나.

범절 없는 위인들의 희롱에
여편네들 아우성 소리가…,

그 점을 저희라고
헤아리지
못했겠습니까?

밤 늦게까지
낭자한 것까지는

그러려니
참을 수
있었습니다만,

장거리로
내왕하던
축들 중에

남진어미를
육침으로
꿰고 온 놈이
있으니…

뭐… 뭐!

......

※남진어미 : 남편이 있는 여자.

55

장사를 해먹고 사는
장돌뱅이들이

여편네 갈무리하기
바빠져서야
처소는 곱다시 앉아서
망하게 됐습죠.

이… 이런!

엄연히 본부가 있는
계집과 사통하다니!

천행수

하찮은 미물인
쥐새끼도 색을
주리고 나면
밥보다 먼저

암컷을
탐하는 법!

뭐… 뭐라고?
봉삼이 자네….

취의청에
남정네들이
모두 모여
있는 걸 보니
무슨 일이
있나 보죠?

무… 무슨 일은요.
한 파수 보기 전에
늘상 저렇게
모이는걸요.

나무아미타불
관세음보살!

안녕히
가세요.

사내가 색을
밝히는 것은

험담할 것이
못 된다는 얘길세.

자네 어떻게
된 거 아냐?

허나!

각아비자식들인 우리가
정리와 신의를 지켜나가려면
처소의 풍속과 율을
따라야 하는 것.

우리가 스스로를 닦달하고
구급치 못하면 조선팔역
이름없이 떠도는 한낱
부랑배에 지나지 못한다.

※각아비자식 : 어머니는 같으나 아버지가 각각 다른 형제. 각성바지.

도방 풍속에는
여상단의 짚신도
넘지 못하는
율이 있소.

하물며 여염에 뛰어들어
간통을 자행한 위인이
적발됐을 땐
장문형으로 징치함은

총중이 율의
근엄성을 지키며
임의롭자 함이니…

동무님들은
당장 거조를
차리시오.

......

58

까르르 깔깔

까르륵

기러기
훨훨 날아

까륵까륵

이리 갈까
저리 갈까.

고녀석
참 잘생겼다.

에그머니!

누…
누구요?

지나가는
탁발승이오.

어쩜…
대갓집 자제분같이
곱고 정하기도 하지.

몇 살?

째짤!

······?

별일이네.

뭐가요?

낯을 심하게 가려
울지 않은 적이
없는데,

마치 친고모 대하듯
금방 사귀어버리니···.

도련님께서
불심(佛心)이
깊어서인
모양이지요.

깍

······.

61

가십시다, 스님!
멀지 않은 곳에
우리 마방이 있는데….

이미 그곳에 들러
시주를 받고
발길을 돌리는
참이라오.

그랬군요…
그 마방의 행수님
외동아들입니다.

이 무덤은
내가 모시던 마님
음택이고요.

우리 행길(行吉)이
하나 남기고
덜컥 가셨지요.

행길이?

맘마
맘마!

호호호!
나는 찌찌가
없어요, 도련님!

찌찌?

참! 취의청에
사람들이 잔뜩
모였습니다.

62

보부상들이 율을 범한 동료를 다스림은 너무나 참혹하여 관의 형리들도 고개를 내두른다.

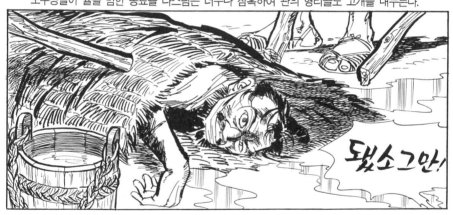

아무리 처소의 조칙이
엄하고 기강이 서릿발
같기로서니!

그려!
말도 안 돼.
안 되고 말고.

…….

예가
초열지옥인 줄
미처 몰랐네.

나중에사 극락 된다 해도
사람을 짐승같이 다루는
이곳에선 하루도
붙박힐 수 없지!

우린 간다.
잘 먹고 잘 살아라.
퉤. 퉤. 퉤.

…….

뭔 일
있었남?

필시
행수님이
오신 게야.
맞지?

성님은 그 꼴
안 보길 잘했수.

살갗은 흩어져
흡사 개에 뜯긴
난마(亂麻) 같았고,

눈자윈 젓국처럼
풀렸으니 살긴
글러먹었어.

거조를 차렸었나?
누가 당했는데?

누군 누구겠수?
장거리에 나가
남진계집을
능욕하고 온
위인이지.

말도 마우. 행수님이
조금만 늦게
도착했더라면
큰 싸움날 뻔했소.

명색이 군총들이지
순 날탕패 같은
것들을 시원하게
잘 다듬었지 뭐.

이제 모두 작정한 이들은 떠났겠지?

그런가보오.

성문이나 지키며 오가는 행객과 장사치들 행리 뒤져 트집잡고 개평이나 뜯던 자들인데….

애초부터 우리네완 똥창부터 틀려먹은 족속들 아니우.

…….

남은 자들은 태반이 백수 흩날리는 구닥다리들이오.

저들을 밑천 주어
장에 내보낸다 한들
아귀다툼 설레에

푼어치의
이문이나마
챙길 수 있을는지.

그래도
어쩌겠나?

우리가 저들과
동고동락하겠다고
불러들인 이상

명을 붙일
방도만은
주선해줘야지.

허―
이거야 원!

유 생원님이
긁어모았다는
찌꺼기들을
우리가 책임져?

행수님은
흥보처럼 박씨를
어디다 잔뜩
쌓아두셨소?

그만하고 생원님
수소문이나 해보세.

생원님
수소문?

그 양반은 지금 저 골칫거리들의 뒷감당이 아득해서 꽁무니를 뺐는데 찾긴 어디 가서 찾아?

이 사람 가만…

오… 오랜만이오, 형수님!

행길아, 아빠한테 인사…

얘기들 나누세요.

아… 아지마씨!

혀… 형수님!

와아 앙

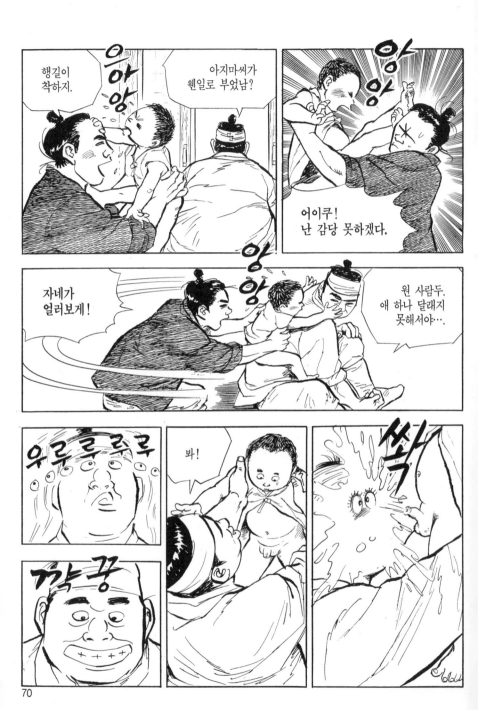

……

킬킬킬!
홀아비 주제에
자네라고 별 수
있어?

옛수!

험… 험!

뚝

거참! 효잘세.
아버지를 금방
알아모시잖아.

해… 행길아!
애비다.

와앙

그놈이 애비와는 아주 의절을 할 작정인지….

머리악을 쓰며 울어제끼는 통에 반정신 나갔었소.

……

아… 아이가 너무 응석받이로만 크는 것이 아니오?

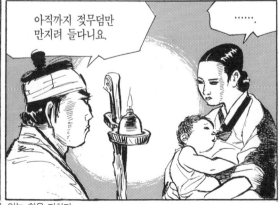

아직까지 젖무덤만 만지려 들다니요.

……

※머리악쓰다 : 기(氣)쓰다의 속된 말. 있는 힘을 다하다.

사내들이란…

수염이 허옇게 세는
이순(耳順)까지도
젖 만지는 고질은 못 고친다
하지 않습니까?

……!

……!

험험!

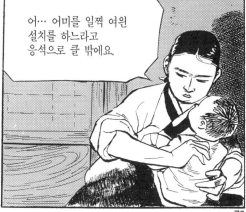

어… 어미를 일찍 여읜
설치를 하느라고
응석으로 클 밖에요.

말은 안 하셔도
처소를 오래 비운 것에
면박하심을 잘 압니다.

......

가끔 아이를 안아주기도
해야겠지만, 밖의 일이
숨돌릴 틈 없이…

그러니 탈이
날 밖에요.

타…
탈이라니요?

여자들 손끝에서 놀기만 하니
아이의 양기(陽氣)가 쇠하여

오줌발이 서지 않고
안색이 파리해져 곤욕을
치른 적이 있지요.

의원 말씀이 상약이고
방문약이고 쓸 것 없이
남자들 손때 묻은 장기짝
구운 물을 복용하랍디다.

장기짝!

74

웃을 일이 아닙니다.
그후 오줌발이
겨우 잡혀 한시름
놓았습니다만,

이젠 도련님에게도
짬을 주셔야 합니다.

웃긴 하였지만 봉삼은 아이가 정하게 자라고 있음을 깨달았다.
원래 촌아이들 몰골이란 사철 부스럼딱지요, 머리에 서캐가 들끓고,
눈엔 진물이 나 선홍색으로 불거져 있기 십상 아닌가.

그런 생각이 스쳐가는 순간 잔금이의 모습은 간 데 없고
조소사가 행길이를 안아서 어르고 있었다.

봉삼의 가슴 속에선 참나무 둥치
하나가 쿵하고 쓰러졌다.

야심한 시각에
뉘시오!

지나가던
탁발승입니다.

하룻밤 이슬이나
피할까 해서요.

그… 글쎄요.
봉노는 있습니다만,

스님 모색이
왠지….

맞습니다.
여승이오.

누구신데
안으로
모시지 않고….

봉노엔 남정네들뿐이라
곤란한데요.

수도하는 사람이
외양간인들
마다하겠습니까?

가… 가만!
이게 뉘시오?

호… 혹시!

이렇게 모습이 바뀌고
어두운데도 저를
알아보시는군요.
나무아미타불!

77

절간을
내려오는 길로
수소문하였지요.

원산포에 계시다는 걸
알고 있는 장돌림들이
제법 많던걸요.

금강산이란 말은
풍문으로
들었는데

마하연(摩訶衍)
표훈사(表訓寺)
에도 있었고,

장안사(長安寺)에도 오래 있었지요.

한번 들러보시지요.

곰방살이로 찌든 몸찌듬을 금강산 바람으로 씻어내리면

십 년도 훨씬 젊어지신답니다.

허허… 늙은것 주름살 걱정을 하고 계셨소?

실은 이번 군란에 이럭저럭 연루된 천 행수가 걱정되어 탁발 나오신 것 아니오?

호호!

승려란 불(佛)로써 성을 삼고, 여래(如來)로써 집을 삼지요.

또한 법(法)으로써 몸을 삼고, 지혜(知慧)로써 명(命)을 삼으며,

선열(禪悅)로써 법을 삼아 세상을 살아간다 하지 않습니까요.

79

세속의
어버이로부터 받은
성을 쓰지 아니하고,

세속의 물욕과 사치와
색을 탐하지 않고,

죽음 또한 두려워
하지 않는 것이….

그래요!
과시 불도를
닦으시는 분의
말씀이오.

세상의 어떤 것에도
유혹됨이 없고,

세상의
어떤 세력에도
굽히지 않고….

피붙이의 정에도
끌리지 않고….

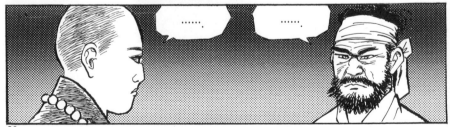

…….

…….

물론이지요.

피붙이의 정에
끌려서야
출가한 몸이
아니잖습니까.

......

흑

!

으흑

......

어렵겠지요
어려울 때입니다.

어찌나 귀엽고
똘똘한지!

아이 이름이
행길이라고…
벌써 세 살이나
먹었더군요.

천 행수는
관동 상로에서는
명자한 쇠전꾼이
되어 있습디다.

수하엔…

기백 명의 식솔들을
거느리고…

큰 재목이니
그늘도
넓을 수밖에.

군란에 쫓겨온 군정들이
동사하고자 처소에
밀려들었습다.

......

동병상련하고
환난상구한다는
보부상들에게

천 행수야 당연히
직분으로 알고
뒤치다꺼릴
하겠지만,

가뜩이나
도류안에 올라
있던 몸이 더욱
힘들어지겠지요.

......

말씀 안 하셔도
다 압니다.

이곳에 계시면서
빨래 품도 팔고,
동자치 노릇도 좀
하시고…

불도 닦으시는
셈치고
같이 계십시다.

천 행수의 신변이
무사히 정리될 때까지!

※도류안 : 도형(徒刑)과 유형(流刑)에 처할 사람들의 이름을 적은 책.

고맙습니다,
조 행수님!

이런 때 하나밖에 없는
누이가 힘이 된다면
얼마나 좋겠습니까만,

승복에 염주나 걸치고
옆에서 바라만 보자니
가슴이 무너질 것만
같습니다.

아니지요.
천 행수로선 그것도
복이랍니다.

옆에서 빌어주는
누이도 없는
홀홀단신들을
생각해보십시오.

지모라는 것과
세상사의 쓰고
단맛을 분별할 줄
아는 것도 힘이니
도울 날이 있을 거요.

딱
딱

젠장헐!

군총배들 거접할
행랑을 왜 우리가
짓나 그래?

잔소리 말어!
그것이 다 사람 사는
정 아닌감.

정 좋아하네.
자네도 갓만 쓰면
도통군잘세.

85

우리 처소는
도통군자 많아서
앞으로
좋아질 거야.

여… 여보게.

왜?

저기!

……

천 행수 말야.

뭐가?

요즘 들어 저렇게
얼빠진 사람처럼
멍청할 때가 많아.

킬킬킬!

86

멍청이는

자넬세.

펑!

아코!

왜 치고 난리야?

잘 보라구. 행수님이 어딜 보고 있나…

바라보고 있는 시선을 쭉 따라가면…

꼬깐

보시라! 뭐가 있나

아… 아니 그럼?

그렇다니까!

완전히 빠진 것 같아.

심각하네.

심각하지!

아지마씨도 새침부리지만.

!

속으로 바짝 달아오른 눈치야.

햐~ 그것 참!

일 나겠네.

일 나지! 두고보라고.

무슨 말들이야?

일 나다니 심각한 문제야?

심각한 문제네만, 자네에게는 말할 수 없어.

암! 말할 수 없고말고요.

?

??

......

일 났어! 일! 쯧쯧!

무슨 일이 났다는 거예요?

아! 그건 말이죠….

형수님께서 말씀해주셔야 제가 알죠!

예?

호호호

껄껄

행수님도 싱거우시긴….

봐라 봐 일났지!

일 났네, 일 났어. 우리 행수님!

아… 아니? 이제 보니!

잡히면 가만 안 둔다!

쿵쿵쿵

후다닥

옳지!

큰일났다!

정말 이럴 거야?
사람을 놀릴 일이
따로 있지.
그런…

뒤… 뒤를 봐…

큰일났습니다.
유 생원님께서…

또줄이

유 생원께서
어찌 되셨다는
것인가?

일의 시말이야
전들 어찌 알겠소.

선공감쪽에서
은밀히 통기해주어서
알게 되었습죠.

이용익이
알려줬다고?

누구라고
전해 올릴깝쇼?

험! 험!
그러니까…

나로 말할 것 같으면
증조부께서 장성 현감을
지내시고, 조부께서…

어서 문
닫지못혀

시시껍절한 위인들이
하루에도 수십 명씩
명함을 걸려고 드나드니
우리 같은 놈은 발에 채여
숨쉬기도 지난인데
냉큼 들어와 문 닫게!

뭐… 뭐…
시시껍절한
위인이 어째?

아니면 뭣 땜에
이런 델 찾아,
찾긴!

당

이놈이
죽으려고
환장을….

으유

하긴!

내가 잘났으면
이곳을 찾을
이유가 없지.

오늘만 날인가 뭐.
내일 또 오면 되지.

내일 안 되면
모레….

쟤가 저 꼴인데
난들 받아줄까?

여봐라!

95

꿀물 한 사발 타오는 게 왜 이다지 더디냐?

예ㅡ 잠시 기다리세요.

좋아하네. 네 놈 타줄 꿀이 어딨어?

조오타~!

갓 쓰고 도포 입은 놈들이 견마 잡히거나 혹은 자견해서 뵙길 청해봤자

문간에서 내치며 콧방귀도 안 뀌는 신분이 되셨으니

정경부인인들 이런 세도를 누릴까?

나합과 비견하여 전혀 손색이 없지! 암!

허면!

드르륵

구윗집 진배없는
이곳에 와서 데데한
수작질을 했다간
혼쩌검 난다는 것도
모르진 않겠지요.

※구윗집 : 관청집.

어이구
마…마님께서
납시었수?

천하의 길소개라고
큰소리 치는 양반이
어찌 이리

대궁밥도 못 얻어
먹은 낯짝으로
성가시게 구는 겁니까?

허어~ 아무리 나는 새의
눈썹을 뽑아낼 세도라지만,
오라비한테 하는 말버슴새가
과한 듯하이.

오라비?

그럼 아니야?

97

우리 둘 사이가 외사촌
오누이 사이란 건
중전마마까지
아는 사실인데.

풋!

중전마마께옵선
내 말이라면
팥으로 메주 쑨대도
믿으시지.

당상관 모가지 붙이고
떼는 것쯤도 여반장!

아무렴!

그렇다면

창관으로
죽이나 끓이는
이 오라비를

어떻게 좀
도와줄 수도
있지 않겠는가
이 말씀이지,
난!

시궁창에
처박을 수도
있다는 말씀은
안 될까?

……!

누… 누이!
이럴 수가 있나?

있지요!

……

하기야 나 같은 건
손톱으로 튕겨도
나자빠질 밖에…

알았으면 발을
끊으시지요.

허나!

……

천하를 거머쥐었다 해도
아직은 시오야 달 밝은 밤에
기러기 울음소리 하나를
이겨내지 못하는
아낙이란 것도 알고 있네.

그새 시(詩)를
배웠소?

이태백이
울고 가겠네.

오랜 세월을…

천봉삼이란 정랑을 두고 애끓이는 걸 잘 안단 말이지.

！

누이가 날 시궁창에 처박을 수 있는가 하면…

나 또한 벙어리가 아닌 이상 봉삼일 찾아가 제 여편네가 어떻게 비명횡사했는지 귀띔해줄 수도 있지.

이 댁이 선공감의
감역으로 계신…

댁들은
뉘시우?

장돌림들이오.
평강에서 쇠전을
차리고 있는…

어… 어서
들어들 가요.

다락원에서 헤어질 땐 두 번 다시 보지 않으려 했었는데….

모질지 못한 것은 나 또한 마찬가지요.

나라가 뒤흔들린 큰 사건에 길을 달리했건만…,

우리의 정리가 더 두터웠나봅니다.

그런가요?

폐일언하고 일이 자못 심각해졌습니다.

방법이 없습니까?

방법을 찾고자 연통한 것이지요.

이재선 나으리 역모사건을 모르시진 않겠지요?

시생이 직접 어음을 건넸는데 모를 리 있겠소.

민 대감께선 유필호란 인물을 기회만 엿보는 불순한 자로 지목했소.

무슨 말씀이오?

천 행수 같은 장돌림이 그 같은 행동을 취하는 데는 유 생원이란 꼭지가 뒤에 있었다는 해석이오.

군란이 일어나자 재차 허욱을 도와 군총들을 움직인 것에 이르러선 돌이킬 수 없는 대역죄인이 되었소.

……!

대감께선 천 행수 역시
여동죄(與同罪)로
다스려야 한다는 것을
내가 가까스로 말렸소.

......

만나볼 순
없나요?
유 생원을…

......!

만나볼 수는
있습니다만…

그러시려면
민 대감부터
만나야 하오.

아… 아니 민영익 대감을 현신하라니요?

목을 내놓으란 말과 무엇이 다릅니까?

…….

…….

그것이 순서라면….

대감을
알현해야지요.

자… 자네
제정신인가?

죽동궁이 꼭 범의
굴만은 아니오.

범의 굴이
아니라니?

이것을 좀
보시겠소?

?

장책 같긴
한데….

상방(商房)에서
흔히 볼 수 있는
것은 아니군요.

주상께서만
보시는

어람회계책(御覽會計册)이오.

!

혀… 형장께선 임금의 신임을 받고 계시군요.

……

외람되게도 내가…,

대내(大內)의 경영을 도맡고 있습니다.

……!

곤전(坤殿)의 분부를 받자와 그리 된 것이지요.

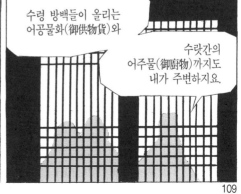

수령 방백들이 올리는 어공물화(御供物貨)와

수랏간의 어주물(御廚物)까지도 내가 주변하지요.

그러다 보니…,

내탕전(內帑錢)이란 것이 밑 없는 독에 물붓기임을 알았소이다.

군란 이후로 수없이 드나드는 외국 사신들….

연일 벌어지는 편전들의 신사(神祠)….

단천 금점에서 나오는 금으로 충당시키기에는 태부족이오.

결국….

방법을 찾자는 것이 그 얘기였소?

그렇소.

민 대감을
만나보는 것이
나쁜 일만은
아니지요.

국계(國計)가
빈궁한 것을
잘 이용만 한다면

시생이….

목이 떨어진대도
처소의 재물은
한 푼도 쓸 수 없소….

…….

…….

…….

재물을 들여도
다칠 수 있고,

권도(權道)를 쓰는
자의 마음에
달린 것이오.

안 들이고도
무사할 수
있는 것은

다만 우리는 최선을
다해보잔 뜻으로
말해본 것뿐이외다.

……

……

날이 밝는 대로
일단 죽동궁으로
가봅시다.

내가 설마하니
오라비 되는 댁네를
그냥 둘 성 부르오?

암! 암!
그렇고 말고.

두서너 삭은
기다려야 자리가
날 듯합니다.

뭐?

두서너
삭이나?

에잉~!

그 정도 가지고
뭘 그러시오.

여지껏
참아오신
분이.

시방 어고(御庫)가
텅텅 비어 앞뒤 돌볼
겨를이 없을 때요.

그렇다고 댁네가
당장 몇만 냥
내놓을 형편도
못 되니….

……

기다리며
짬을 봐야지요.

하긴… 선혜청 창관인
내가 그걸 모를 리야
있겠는가만은.

난 촌음도 기다리지
못하겠네.

뭐… 뭐요?

자네 말일세.

에그머니!

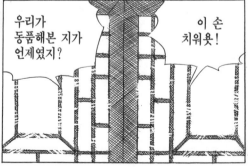

우리가
동품해본 지가
언제였지?

이 손
치워욧!

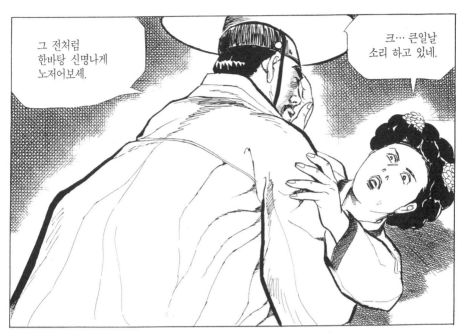

그 전처럼 한바탕 신명나게 노저어보세.

크… 큰일날 소리 하고 있네.

옛날과 지금의 입장이 틀리단 걸 모르오?

모를 리가 있나.

지금은 정경부인 같은 나랏무당마님을 타고 노는 게지.

벼슬은 고사하고
목이 달아나도?

뭐… 뭐
모가지?

한창
흥이 나는 판에
웬 흰소리여?

지금 이 꼬락서니가
담밖으로 새나가

오누이가 아니란 것이
들통나기라도 하면

중전마마를 기망한 죄로
살아남을 것 같아?

끄… 끔찍한 소릴
하고 자빠졌네.

예나 지금이나
섭수없이 구는 건
똑같구려.

쯧쯧… 언제
철이 들지!

116

아씨마님을
석쇠네 옹기점으로
빼돌릴 때가
생각나네.

갑자기
그건 왜?

자네가
광주관아에서
반죽음당한 걸
빼돌렸을 때도
생각나고….

……

유 생원
말일세…

……

자네나 이미 고인이 된 아씨마님…

그리고 행길이까지

자네 일가족 모두에게는 유 생원님이 큰 은인일세.

아무렴! 저승 간다고 잊을 수 있겠나?

골수에 새긴 은공인데!

자네가 목숨 걸고 나서는 걸 말릴 수가 없으니 억장이 막혀.

내일… 범대가릴 만나거든 처소 하나쯤 없어지는 건 아까워 말게.

목숨이 중하지 재물이 중하겠나. 부디 진중하시게.

나도 생각나는 것이 있네.

이재선 나으리께 돈을 건넸을 때

자네보고 달걀 지고 성 밑으로 못 지나갈 거라고 핀잔한 게 생각나나?

그랬지.

그때도 난 이렇게 말했지.

인간이 할 수 있는 일이 있고, 하늘에 맡길 일이 있다고.

…….

운이 다하면….

죽음밖에 더 있겠나?

하늘이 돌보면 사는 것이고.

네가…,

천 아무개 라는…,

명자한 쇠살쭈인가?

……

명자하단 대감 말씀은
외람되나, 시생이 쇠살쭈로
연명하는 것은 사실입니다.

송파에서
평강, 원산포까지
왜자하게

소문난 터수에
겸사까지
늘어놓을 건 없지.

이제 와서 입에 담기도
역겨운 일이나, 지난 유월
군란을 모르진 않겠지?

!

알고 있습니다.

그때 자네
어디에서
거접하고
있었나?

......

......

장안에서
지적이랄 수
있는 다락원에
있었습니다.

상대(商隊)를
이끌고 있었나?

그렇습니다.
동패들과 같이
있었습지요.

그때 내가…,

군변을 뒤엎기 위해
강원도, 함경도 그리고

근기 지경의 보부상들에게
사발통문을 돌린 것…
자네라고 모를 리 없으렸다?

……. …….

대… 대감!

설혹 천 행수의 행동에
거북한 구석이 있다 하나
고정하시고….

…….

!

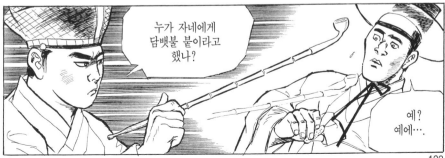

누가 자네에게
담뱃불 붙이라고
했나?

예?
예에….

어험.

땅
땅

......

......

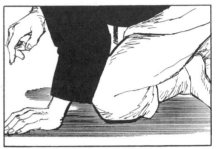

칙

흠…
그래, 그래!

자네가 그 뻔뻔한
낮판때기를 내 집에
들이댄 것부터가
내 속에선 천불이
나는 것 같다.
허나…,

날 우습게 보고
우세주려고
온 것이 아닐 터!

할 말이 있으면
해보거라.

통문이 돌고 있을 때 이 감역과도 만났지만,

대의를 같이 하지 못한 것은…

됐어! 그 얘긴 빼고.

유필호란 생원을 꼭히 한번 만나야겠기에…

그 대역죄인 놈을 말이지?

만나만 보면 되는 것인가?

속량해 달란 말은 아니고?

무… 물론 대감마님께서 대덕을 베풀어주시면야 시생 더 바랄 것이 없습니다만…

시생에게는 유 생원의 죄를
탕감시킬 만한 여력이
없사옵니다.

그래?

처… 천 행수,
잘 생각해보시오.
대감께선
대역죄인이라 해도

나라의 보탬이 되는
일이 생기면
방면할 방도가
있다는 말씀이오.

혹, 시생의 목숨과
유 생원을
바꾸자면 모를까,

장돌뱅이 고린전(錢)이
얼마나 쌓여야 나랏살림에
보탬이 되겠습니까?

그래
맞다!

이 박살
할 놈아

땅

이곳이
네 놈 독천장인 줄
알았더냐?

이… 이게
아닌데….

참고 듣자하니
안하무인으로
주둥일
놀리는구나.

대… 대감!

천 행수를 치는 것은
평지풍파를
일으키는 것과
같습니다.

이후로는
상고(商賈)들이
모두 달아나
숨게 됩니다.

128

※독천장(獨擅場) : 자기 멋대로 행동하는 장소

그러면 저놈처럼 잡아들이면 되지!

나라가 장돌뱅이 고린전이나 뜯어먹는다고 폄을 하는 저놈의 말을 듣고도 참으란 게냐?

내 진작에 압송도사를 평강에 보내려 했을 때도 이 감역이 극구 만류해서 참았다.

허나 변설이 도도하고 거동이 불손한 네 놈의 몰골을 보고 있노라니 인내심이 바닥이 났다.

이놈 어디 견뎌 보아라

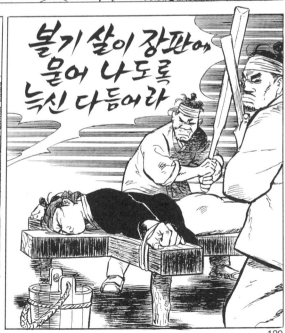

볼기 살이 장판에 묻어 나도록 늦신 다듬어라

저…
저 저놈이!

짐승이냐,
도깨비냐?

쇠살쭈라더니
쇠심줄처럼
질기구나!

악소리나게
되우 쳐라!

※되우 : 매우.

들어가!

방정맞은
놈들!

어… 어찌
되었습니까?

왜 여기
앉아 있소?

낭패를
보고 말았네.

일이 엉뚱하게
벌어지고 말았어.

처… 천 행수에게
무슨 일이
일어났다는 게요?

……

설마 설마
했었는데….

전혀 예기치 못한 일이 창졸간에 벌어지니 나 역시 어찌할 바를 모르겠어.

......

오십 도가 넘는 흑장이었다면 명이나 붙어 있을까….

이 사람 봉삼이!

자네 고집은 관 속에 들어가서나 누어질 겐가?

......

컹 컹 컹

덜컥

자!

이 감역의
간곡한 부탁으로
다려왔소.

......

때를 맞추어 탕약이 들 것이니
동패 수발이나 잘 하시오.

출컥

장독(杖毒)과 어혈(瘀血)을
제 때에 다스리지 못하면
병신되기 십상이지.

136

천 행수…

이거….

끄응~.

크!

으으으윽!

나… 날 좀
일으켜주오.

안 되겠어.
엎드려 있게.

제기랄!

나 하나로
끝나길 바랬는데
천 행수마저
추포(追捕)당해

저승길 동무가
되고 말았군.

추포당한 것이
아니라
생원님 구명차
찾아왔다가
이 지경 났습니다.

그렇소이다. 처소에서
슬그머니 사라진
생원님 원망이
자자할 즈음

이 감역이
통기해주어
이곳에 감금된
사실을 알게
되었습지요.

쯧쯧...

뭐야?

구명차
왔다가?

138

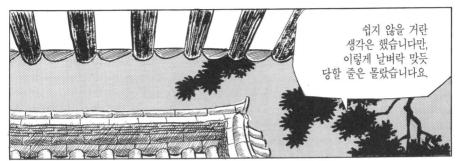

쉽지 않을 거란
생각은 했습니다만,
이렇게 날벼락 맞듯
당할 줄은 몰랐습니다요.

저들이 볼 때
나 같은 대역죄인을
의금부가 아닌
사옥에 잡아둔 것은
다른 꿍꿍이가
있는 것!

거금의 속전을
곶감 빼먹듯
살살 빼먹을
요량이었겠지.

맞습니다.

그런데 천 행수란 장돌뱅이는
꿈쩍도 안 했으니
천불이 났을 테고,

처소 하나쯤
아까워 말라는

선돌의 말같이
나 역시 생각이
없었던 건 아니지만,

나 한 사람의
재물이
아니란 것이 마음에
걸렸습니다요.

139

허리띠를 졸라맨 채
험산준령을 넘고,

온갖 고초를
감내한 동무들이
눈 앞에
어른거리는 순간

화적에게 봉패당할까
새우잠도 제대로 못 자며

분별을 잃고
한마디 불쑥
내민 것이 그만…

…….

얼마나
심한 난장을
당했으면…

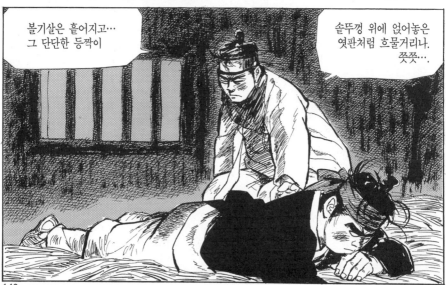

볼기살은 흩어지고…
그 단단한 등짝이

솥뚜껑 위에 얹어놓은
엿판처럼 흐물거리나.
쯧쯧…

140

자네처럼 넓고 듬직한 등판이 내 것이라면 오죽 좋을까 하는 생각을 한 적도 있었네.

생원님도 차암―

그게 언제였더라…?

뭐가요?

자네가 날 업고 만초내(蔓草川)를 건널 때….

갑자기 그건 왜요?

길소개의 수작에 말려 사지에 빠졌었던 애길 하시는 겁니까?

그 얘기가 아니고….

성큼성큼 내를 건너는 자네의 등판에 고개를 묻고는 어떤 생각을 했는지 알아?

탈진이 되어
자네 등에 업혀
흔들흔들
얼마를 갔을까…

"양반과 상놈이 없는
세상으로 건너가고
있구나…"

정녕 그
생각뿐이었네…

나야 끽해봤자
몇 줄 읽은 글…

남의 모략이나
겨우 눈치채기 바쁜
염량의 머리 하나지.

그땐 정말 이 등판이
진정으로 부러웠네.

……

설사….

기십만 냥의
돈이 들어도

나는 살 수가
없어!

예?

그… 그게 무슨
말씀입니까?

저들은
배도 먹고,
이도 닦자는
속셈이지.

!

배도 먹고
이도….

후후후!

이제 와서
그런 걸 따져봤자
무슨 소용 있겠나?

누구 없소?

이 댁이
진령군(眞靈君)께서
거하시는 북묘(北廟)가
맞습니까?

광
광

꽝

꽝
꽝

여기가
어디라고 식전
아침부터

함부로
소란이여!

찾긴 제대로
찾아왔는데,
뭔 일이야?

아!

선공감 이용익 감역의
방자로 왔는뎁쇼.

선공감?
이 감역?

기다려!

선돌이
라굽쇼.

선돌이가 방자 왔다고
꼭 좀 전해줍쇼!

……

……실

일이 이렇게
되고 보니

꼭 그물을 쳐놓고
천 행수를 사지로
몰아넣은 꼴이네.

……

시생은 물론
천 행수도
그런 생각은
추호도
못할 겁니다.

내 생각엔…

한… 오십만 냥
정도의 선에서
일이 마무리되지
않을까 예상을
했었는데!

145

오십만…!

물론 쉬운 일은 아니었을 터이지만, 지금에 와선

이도 저도 다 틀렸네.

파옥이나 하면 모를까….

파옥도 임시 방편일 뿐! 끝없는 도주를 언제까지 할 수도 없잖소.

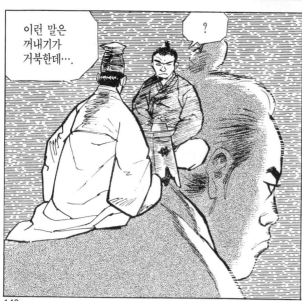

이런 말은 꺼내기가 거북한데….

?

동소문안 북묘(北廟)에 찾아가보면 길이 생길지도 모르지!

뭣혀?
들어오라는
소리 안 들려?

아… 아이고,
예! 예!

생면부지는 아닐세!
자네를
살린 적도 있는
영험한 만신이지.

중궁전에
무상출입하는
당대의
실력자이기도
하고!

147

마님, 들일깝쇼?

넌 물러가 있거라.

예! 마님….

……

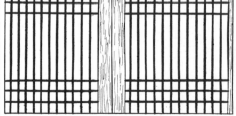

청지기가 물러간 지 한참이 지났는데도….

방안에선 들어오라 나가라 한 마디가 없다. 마치 사람이 밖에 있는 것을 잊기라도 한 듯….
선돌이도 기침소리 한번 없이 묵묵히 박아논 말뚝처럼 서 있기만 했다.

그렇게 한 식경이 흘렀을까….

방안에선 한숨과 함께 알 수 없는 나지막한 말이 새어나왔다.

대청으로 오른 후에 또 다시 말이 없다.
거울 같은 마루에
선돌의 그림자가 드리워지고
또 다시 차 한 잔 식을 시간이 흘렀을 때

생문(生門)은 없고
동서남북 모두가
사문(死門)이라…

두 번의 곡(哭)을
피할 길이
없구나!

…….

두 사람 몽땅
죽는다는 말
아닌가?

도깨비 방귀라도
옭아맬 계집!

영험하다더니
말도 꺼내기 전에
일의 내막을 알고 있잖아?

신통력이 있긴
있나본데…

그렇다면!

마마님

지금…

마님이라고
했나?

예
마님

제 동무를
살려주십시오

죽을 걸 미리
아시는 마님이라면
살릴 방도 역시
알고 계실 겁니다.

천 행수도 나를 만나면
자네처럼 마님이란 말을
입 밖에 낼 수 있을까?

나랏님께서
진령군(眞靈君)이란 작위까지
내리신 하늘 같은 지체신데
마님이란 예우는
너무나 당연합지요.

호호호

자넨 새털 같은
많은 날을 천 행수와
함께 보내고도
나보다 더 몰라.

!

천 행수란 위인은
절대 마님으로
공대하지 않을 걸세.

……

……

그건… 천 행수를
일단 살려놓고
난 후에라야

확인해볼 수
있지 않습니까?

매말끝마다
천 행수를 위하는
지극한 자네 마음이

시샘나서
못 견디겠네.

살아날 수도
있겠지…

그러나 두 사람
다는 아니야!

그 한 사람도 하늘이 보살펴야겠지….

마님 제발

남쪽에서 불이 돕고, 북쪽에서 귀인이 손을 뻗는다면

혹시나 살 수 있을까?

북쪽의 귀인이시라면

그건 마님 아니십니까?

아둔패긴 아니로세!

그런데 남쪽의 불이라면….

큰 불이라야지.

지금 곤(困)괘에 빠진 형상이라 나무(木)가 가지를 뻗고 살려면 울타리(口)를 태워 없앨 수밖에.

선혜청 같은 큰 건물의 대화재라면 가망이 있을 게야…

선혜청?

쥐새끼도 잡고!

쥐… 쥐새끼라뇨? 이거야 원….

오호호호홋! 쥐새끼도 몰라? 큰 시궁쥐 말일세! 호호호!

쥐새끼라…?

어째서 그런 일을
시생에게 시키는
걸까요?

뱁새가 대붕의
흉내를 내다가는

가랑이가 찢어진다
하지 않았나?

그런 말이
있지요.

일개 무녀가 중궁전의 총애를 받게 되었으니 싫더라도 대붕의 흉내를 짓지 않을 수 없고…

그러자니 가랑이 찢어지는 거야 뻔한데

그 꼴을 면하려면 필경 중궁전을 속이지 않으면 안 되었을 게야.

뒤 켕기는 것은 말끔히 치우자는 속셈이겠지….

…….

속히 평강으로 인편을 보내야겠습니다.

벌써 반은 가고 있을 거네.

내가 또출이를 먼저 보냈지.

그랬군요.

차후 일은 사람들이 모이면 의논하기로 하고

자넨 그 남쪽에 불 낼 일을 곰곰이 생각해보게.

계집이 누군가? 진령군일세.

궐녀가 뱉은 말을 시행하는 게 좋을 걸세!

쥐새끼라….

쇠… 쇤네들이 언제 나으리께 쥐새끼라 했습니까요.

생사람 잡아도 유분수지. 술이 너무 과하셨나봅니다.

네 이년들

네가 그까짓 연채 좀 졌다기로서니 술방구리에 돈 없이 들락거리는 것은 쥐새끼와 나뿐이라고?

어린 양 할 말이 따로 있지,

그 따위로 남의 심화를 질러?

내가 소문난 장안 갑부는 아니지만, 이깟 술청 하나쯤 도거리로 산다 해도

가전(價錢)치를 형편은 되고도 남는다. 이년들아!

158 ※도거리 : 따로따로 나누지 않고 한데 합쳐 몰아치는 일(통거리).

발칵

행짜깨나
장하시오.

남의 집 금송아지가
우리집 비루먹은
개보다

뭐가
잘났소?

나으리 창고에
페미가 지천으로
쌓였어도

술 따르는
우리 수중의
서푼보다
달가울까.

고이헌 넌!
꼴같잖은 연채로
날 능멸하려는 게냐?

문자에 적반하장이란
글귀가 있다더니,
만년 창관 주제에
어디 와서 주정이십니까?

뭐 뭐야

159

오냐, 이년! 술주정 한번 받아봐라.

얼씨구!

펑

아이쿠

아… 아니 이놈들아!

내 누이가 누군 줄이나 알고 이러느냐?

누군 누구야? 잘난 나랏무당인지, 진령군인지

골백번도 더 들었다.

펑 펑 억 억

매월이년

나도 더 이상
못 참겠다.
이 망할 년아!

내가 이런 수모를
받고 있는데
하세월 모른 척
하기냐?

창덕궁(昌德宮) 대조전(大造殿)의 앞마당엔 요사이 부쩍 마른 잎들이 많이 떨어졌다.

갖가지 색으로 뽐내던 단풍들이 지기 시작하면 궁궐도 스산해지는 건 여염과 마찬가지다.

쯧쯧… 올해 단풍은 이것으로 끝인가….

진령군이 시기를 놓쳤네.

쇤네에겐 단풍을 즐길 만한 풍류가 없사옵니다.

흠… 그러고 보니 오늘은 진령군이 쓸쓸해 뵈는군.

신수도 좋아 뵈질 않고… 몸이 수척한 것 같아.

고뿔이 들어 신고를 좀 치렀습니다.

저런… 그래서 뜸했었군 그래.

자주 문후 못 드려 송구하옵니다.

아니야. 어서 안으로 드세.

고뿔 환자에겐 찬바람이 상극 아닌가?

163

무어?

불조심….

화재(火災)라….

진령군의 말이니 조심해야겠지만,

본시 수기(水氣)가 고갈되는 늦가을과 동절기엔 크고 작은 화재는 다반사 아니겠나?

재앙의 근본은 본시 하찮은 곳에서 시작되오니

내외를 각별히 살펴 옥체를 보존하소서.

164

호호호호! 알겠네.

자네는 그저 자나깨나 내 걱정이로구면. 심성도 무던하지.

그렇게도 고운 마음씨를 지녔으니 자네 부탁은 사소한 것이라도 내치질 못하겠네.

김 상궁!

예, 마마!

황첩(黃貼)일세.

마… 마마!

165

군란 이후로

국사에만 전념하여 덕화가 팔역에 넘치도록 하겠다던

윤음이 내려진 것이 엊그제인데

우리가 겪는 간난신고는 상감의 윤음이 무색하기만 하군요.

우리만이 아닐 걸세.

운현궁 측근들을 적발하고
군란에 부동했던 군정들을
색출, 처단하는 일은
앞으로도 계속될 걸세.

사실 나는….

이재선 나으리
역모사건 때
없어져야 했던
인사지.

……!

김보현의
헐숙청에서
찬밥을
축낼 때부터

권력의 주변을
맴돌며 은근히
대궁상이라도 얻어
걸릴까 했던

이 백두
서생에게

자네가
내 앞에 펼친
신석주의
어음은…,

한 마디로
천둥벼락이었네.

……. ……

신석주의 거금이
유필호의 포부를
이루어줄 것인가

내색은 안 했지만
난 울고
있었던 거야….

……

그러나 알다시피
겨냥하는 바는
보기 좋게 빗나갔어.

세상이 뒤바뀌면 제법 이런저런 좋은 일들을 해보리라며 김칫국을 잔뜩 들이키기만 하고

정작 판을 보는 눈은 당달봉사 꼴이었네.

대의명분은 빛 좋은 개살구지.

군란 때도 마찬가지였고….

자네와 같이 충직한 마음으로 가담을 한 동무들에겐 미안할 따름이네.

하늘 아래 떳떳한 사람이 누가 있겠습니까?

따지고보면 고만고만한 영리를 탐한 마음들은 모두 있을 겁니다.

아냐, 아냐. 그렇지 않아.

천봉삼이란 사람은
더욱 아니고.

생원님도 참….

세상이란 어차피
약육강식이오,
사람이 사람을 밟고
위로 오르는 것이라고
생각해 왔네.

그 와중엔
상놈도 양반도 모두
뒤엉켜서 말이야.

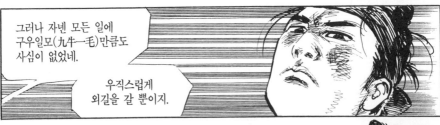

그러나 자넨 모든 일에
구우일모(九牛一毛)만큼도
사심이 없었네.

우직스럽게
외길을 갈 뿐이지.

모진 놈
옆에 있다가

벼락 맞더라고…
천 행수가 낭팰세.

모두가 하늘이
점지해준
운명이지요.

난 그 하늘을 믿지 않아.

운명이라는 것도….

손금도 변하고 관상도 변한다네. 이 세상에서 변하지 않는 것은 없어.

정해진 운명이란 없는 걸세.

태어난다는 것과 죽는다는 것 외엔….

생원님은 지금….

죽음을 생각하고 계십니까?

……

두렵습니까?

……

두렵네!

그러나 미련은 없네.

171

172

이것을….

이것을 손에
쥘 수 있다면….

부상(負商)들
문(門) 안에서는
어의(御衣)를
입는 것이 아닌가!

하늘에서
따온 별과도
바꾸진 않겠지.

이 황첩을….

껄 껄 껄

가을바람 소슬하니
낙엽이 우수수라….

이제 곧 기러기 날면
방구들을
한숨으로 꺼트릴
우리 누이를 위해

못난 오라비가
중신아비 되어
왔다오. 껄껄!

오래 살고
볼 일이네.

신랑은
누구요?

출신이 상것이라
마음에 좀 걸리지만,
우리 누이 솜씨라면

하루 아침에
명문 족보에
올릴 수도 있으니
별 문젠 없겠지.

평강에 있는
쇠살쭈
천봉삼이라고…

이… 이놈이!

달다 쓰단 누이 말
들을 것도 없이

이 몸은 지금
평강으로
뜨려네!

공방살이로 찌든 누이를 위해

중신하러 떠나신다니 말릴 수도 없고 어쩌나

화마(火魔)가 닥쳐오는데 자리를 비워 어쩌겠단 건지. 쯧쯧쯧….

시방 뭐라고 했나?

화마?

평강으로 가서 과거사를 까발림은 나와 결별을 한다는 뜻인데…

이 길소개를 인내심 많은 인간으로 봤다면

잘못이란 걸 행동으로 보여주려는 게지.

그럼, 그럼!

그러니까 나도 옛 정으로 마지막 운수를 봐드린 거구…

겉으론 아닌 체해도 숭례문을 나서기 전에 날 쫓아와 매달릴걸!

천만에!

177

혹장을 당해
운신도 못할 반병신 데려다
운우의 낙도 없이 평생
수발할 계집으로 봤나?

이 매월이를…

무슨 소리야?

천봉삼을 만나려면
먼 평강보다는
코 앞의 죽동궁을
찾아보시지.

토옥에 갇혀
생사가 오락가락·
하고 있을 게야.

주…
죽동궁에
천봉삼이…

내 성미는
알곡만 밝히지

쭉정이라면
뒤도 안 보고
돌아서!

……!

잘 들으시오.
창관께선 지금
불을 등에 지고
다니는 꼴이오.

......

내 말이 맞는
조짐이 보이면
불의 반대쪽으로
몸을 피해!

남쪽이 불이면
북쪽이 물이오.

날 희롱하는
게야?

희롱인지 아닌지는
두고보면 알 거고···.

그래!
두고보면 알겠지.
으드득!

179

술 더 가져와

쪼오옥

빌어먹을!
되는 게 없네.

아이~
나으리.

낮술을 많이
드시면 몸에
해롭습니다.

밤술은
많이 들어도
되고?

밤에는 따로
할 일이 있으니
많이 드실 수야
없지요.

켈켈켈!
요것이
내 오금을
박아놓네.

오냐,
매월이 이년…
두고볼 테다.

180

뭐라고?

불이 어느 정도로 났다는 게야?

선혜청이 아예 불바다입니다.

이놈, 그 말이
사실이렷다!

나으리…
어서 의관을
차리시지요.

이것아!
빨리 내 도포
가져와!

무… 문부터
닫으셔야죠.

......

서둘러라.

입궐이
늦었다.

상감의 지친(至親)들 중에서
불고(不辜)한 사람들에게
벌을 내렸다면 그것의 연고로
대화재가 날 것입니다.

사처에 사람을
가두었더군.

예! 하나는 역모죄로
조사중이옵고, 다른
하나는 여동범입니다.

어찌하여
금부로 넘기지
않았느냐?

역모꾼은 곧
넘길 것이온데,

여동범은 좀더
알아볼 것이
있사옵니다.

여동범은
방면하시게!

예?

역적이면 역적,
아니면 아닌 게지
역모의
여동범이라니…

있을 수 있는 일인가?
방면하시게….

……

하오나
마마…

궐자가 대사죄수
(大事罪囚)라면 응당
윗전께 아뢰야지.

네가 혼자서 북치고
장구친다면 어디
될 법한 일인가?

대덕을 베풀고자 하는
사람으로서 윗전도 모르게
대역죄인으로 싸잡아
애매하게 화풀이를
하려 들다니….

……

186

천 행수를 이 북묘로 데려와야 합니다.

천 행수의 목숨을 살린 건 이 진령군임을 잊지 마시오!

두고보면 볼수록 모를 계집이다.

나리! 어딜 다녀오십니까? 대감께서 얼마나 찾았다굽쇼.

날?

무슨 일로?

쉰네가 그걸 어찌 알겠습니까요.

유필호란 놈은 금부로 넘기고,

천 아무개란 쇠살쭈 놈은 끌어내.

예에?

시궁창에 처박든지
먹을 따든지 네 놈
속내대로 해버려….

…….

아, 뭘 멍청히
앉아 있어!
냉큼 시행치
못하고!

예, 예!

소름이 끼쳐!
정말 무서운
계집이다.

189

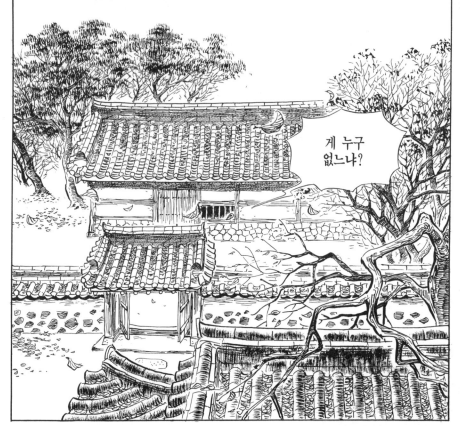

게 누구
없느냐?

빨리 좀
와보거라.

사람이
다 죽게
생겼다.

190

물에 빠져도
지푸라기는
잡지 않는 게
양반이란 말도
헛소리여.

내… 내가 아니고
저기 누워 있는…

알고 있으니 성한
놈부터 냉큼 나가!

아쿠쿠!

이젠 둘 다
이 집에서
꺼지는 거란
말야.

천 행수가 언제부터
이 지경인 채
방치되었나요?

오늘 새벽부터
신열이 오르며
헛소리를 하던데…

장독이 이제사
번지는 게로군.

도대체 어찌
돌아가는 일이오?
이 감역.

뭐라고
드릴 말씀이
없군요.

생원께선 금부로
가시게 되었습니다.

금부…

올 것이 왔구먼.

천 행수는?

당장은 옥고에서
풀렸습니다만.

다행이군.
죄야 나에게 있지,
천 행수가 억울하게
당해서야 되겠나?

작별일세…
작별!

봉삼이,
좋은 곳에서
만나자고

나으리.

왜 혼자 와?

내당마님은
어쩌고.

......

자문하셨습니다.

......

......

잘 돼졌다.

클클클….

……

그깟 여편네

원래 내것도 아니었는데 뭘.

탑골 가산은 모두가 속공(屬公)의 명목으로 적몰당한 데다

나으리께서 관에 쫓기는 신세가 되니….

잘 됐지! 도망길 미련 없게 되어.

선혜청의 구실 살던 자들은 거의가 도탄하여 직수아문에선 추포할 엄두도 못 내고 있고,

대화재의 뒷수습에 정신 못 차릴 정도로 분주합니다.

!

…그… 보름보기놈 아직도 뒤를 밟더냐?

예! 나으리를 겨냥한 것이 틀림없습니다.

웨…
웬 놈이냐?

내 원망은
말아라!

이제
어떡할깝쇼?

나무에
묶어라.

199

......

이놈!

으....

생면부지인 네 놈이
도대체 내게 무슨
억하심정이
있었더냐?

부… 분하다.

분한 주둥이로
토설해봐라.
이놈!

이 당장 먹을
따기 전에…

내 동패를
구하기 위해서다.

동패?

결옥된
천봉삼!

천…봉삼!

그래! 날 죽이면
하늘이 그놈을
살리기라도
한다더냐?

하늘이지!

이거 아무래도
실성한 놈이군.

하늘 같은
진령군 마님이
뽑은 육효이니
어김없지.

진령군!

매월이
그년이?

선혜청에 불이 나면
쥐새끼가 달아날
것이라고 하셨다.

가소로운 계집,
내 입막음을
그런 식으로 해!

203

창관 길소개란
쥐새끼가
나라 곡식을
수도 없이 축냈더군.

......

......

나는 쥐새끼지만
그년은 중전마마까지
홀린 구미호야.

알겠냐?
이 보름보기야.

네 놈이 천가와 동패라니 떡을 따기 전에 똑똑히 들어둬.

그래야 죽은 뒤 저승 가서 염라태수께 할 말이 있을 테니….

…….

조소사… 천가의 어펀네가 어떻게 죽었는지 아느냐?

물론 죽기야
땅꾼이 풀어놓은
독사한테
물려 죽었지.

그 땅꾼은
내가 매수했고.

나를 사주한 것은
네 놈이 하늘처럼
여기고 있는 진령군
매월이년이지.

일부함원에
오월비상이라
여자가 한 번
한을 품으면
오뉴월에
서리가 내리지.

물론 매월이넌이
봉삼이란 놈을
일구월심 사모하고
있다는 뜻도 되지.

알아듣겠느냐.

윽!

알아들었으면 그만

가 보거라

세상천지
너 같은 악종은
또 없을 것이다.

조… 조성준.

괜찮은가?

행수 어른께서도
오셨군요.

이 사람이
기별했었네.

이 감역이 평강으로
또출이를 보냈더군.

고마운
분일세.

행수어른

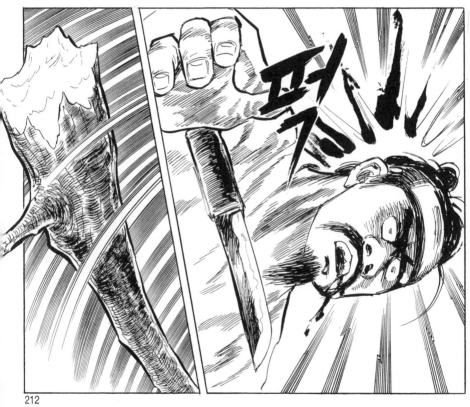

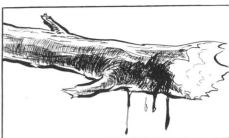

형수님까지
오셨군요.

예….

나무관세음.

……?

행수 어른, 그간
무량하시었습니까?

아, 아니.
이 감역께서
왜 이러시오.

하잘것없는
상고배한테
절이라니.

조 행수님도 참,
세월이 변하면
변했지.
이… 이용익이가
변면할 사람입니까.

그래. 천 행수는 어찌 되었소?

진령군 댁으로 업어주고 오는 길입니다.

매월이라는 그 만신네 말씀입니까?

예. 지금은 당상 대감도 그 앞에서 고개를 숙이지요.

우리 봉삼이도 옥고가 자심했다던데.

......?

216

이런
내 정신
보게.

천 행수의 누님
되시는 분이오.

그러시다면.

소싯적에
헤어진 누님이
한 분 계신다더니…

예.

까딱했으면 천 행수랑 내가 누님을 수장할 뻔했다니까요.

할 뻔한 게 아니라 했는데 부처님 도움으로 살아났지.

무슨 말씀인지…?

죄 많은 과거사지요.

으앙

행길이도 아버지가 걱정되나봅니다.

앙앙

만나뵐 수는 없을까요?

칼자루는 진령군이 쥐고 있으니.

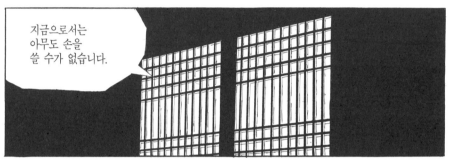

지금으로서는 아무도 손을 쓸 수가 없습니다.

천 행수를 살릴 수도 죽일 수도 있는 사람은 오직 진령군 매월이 한 사람뿐입니다.

흑.

…….

매월의 정성은 지극했다.
하루에 치성을 드리는 일 외에는

잠시도 봉삼의 곁을
떠나지 않았다.

그런 정성 덕분에

봉삼은 기력을 되찾고 있었다.

221

더는 기다릴 수 없소.

월장이라도 해서 천 행수를 빼내옵시다.

안 돼!

까딱 진령군의 심사가 틀어지면 무슨 짓을 할지도 몰라.

그렇다고 부지하세월로 이렇게 기다리기만 해요?

쾅 쾅쾅쾅!

나으리,
진령군 댁에서
사람이 왔습니다요.

뭐야?

어… 어서 오시게.
무슨 일인가?

잔금이란 여인네가
어느 분이시오?

날 언제까지
가두어둘
셈이오?

달이 참
밝지요?

......

천 행수님 마음이
변할 때까지요.

안 나도
좋지요.

말대가리
뿔난답디까?

이러고만
있어도 나는
좋으니까요.

우리가 전생에
무슨 악연이
있었던 게요.

이젠 진력이 날 만도 하지 않소?

정말!

진력이 나서라도 지금쯤은 한 번 보듬어주실 만하지 않습니까.

남녀간의 정분이 어찌 술수나 간계로 이루어질 수 있다고 생각하시오.

정분에 빠진 계집은 술수니 간계니 사리를 모르는 법입니다. 내가 천 행수를 얼마나 연모하는지 보여드릴 것이 있습니다.

226

이게 뭐요?

열어보십시오.

이… 이건 황첩(黃貼) 아닙니까?

그렇습니다. 황첩입니다.

부상(負商)에게는 가히 하늘의 별따기보다 어려운 게 황첩이라는데….

그럼 제가 별을 따다 드린 셈이지요.

허면… 이걸 나한테 준다는 말씀이오?

곤전에 상주해서 얻어놓고 천 행수를 기다리고 있었지요.

봉삼은 가슴이 두근거렸다.

이것 하나만 가지면
조선팔도의
도고들을 휘저어서
인삼을 도집할 수
있을 뿐더러

청나라 연경에까지
들어가지 않고
의주까지만 놓더라도
거의 네 배의 이문을
남길 수 있을 것이다.

그렇게 되면
길어도 사오 년 안에…
조선에서 명자한…
팔포대상(八包大商)으로
자리를 굳히겠지!

……!

그래…!

매월의 손에서
부사(府使)가 생겨나고
현감(縣監)이 나온다는 것이야
봉삼에게는 상관없는 일이었다.
그런데 그 손에서
황첩이 나올 수도 있다는 것에
봉삼은 기가 질리도록
놀라고 말았다.

이것 하나만
가지면.

평강과 송파에 흩어진
수하 동무님들 모두가
의지간들 마련하고
가가까지 낼 수 있는
재력을 쌓을 수
있을 것이다.

마음 같아서는 화각함을 끌어안고
대성통곡이라도 하고 싶었다.

믿을 수 없어!
믿을 수 없어!

예?

열 길 물속은
알아도
한 길 사람 속은
모른다고….

나같이 못난 사내와
하룻밤 침석을 같이 하고자
황첩까지 주선하다니…
정녕 댁의 속내를
헤아리지 못하겠단
말이오.

그게
정랑을 그리는
계집의
마음입니다.

제발… 제발
저버리지 마십시오.

안 돼!

231

나는 받을 수 없소.

나는 내 일신의 공명이나 부귀와는 일찍부터 담을 쌓고 지낸 사람이고

또한 댁네에게 기대어 황첩을 손에 넣겠다는 마음도 먹어본 적이 없소.

그럴 마음이 있었다면

나는 벌써 이 비단 침석에 댁과 누워 운우의 정을 나누었으리라.

그러나 우리가 살을 섞어
운우의 정을 나눈다
할지라도 그것이 어찌
진정한 열락이라
할 수 있겠소.

더욱이나…
조소사… 아니…
내 안사람을
죽게 한 댁과
어찌 침석을 같이
한단 말이오.

뒤꼍 남새밭에서 내 안사람이
독사에게 물려 죽었음을 보고
나는 댁을 지목했었소.

......

필시… 길소개를
사주했겠지요.

......

그것이 아니라면…
내 안사람의 죽음과
댁이 상관없는 일이라면…
모든 것이 내 추측에
불과한 것이라면…

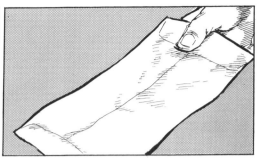

내가 이 황첩을
촛불로 태우기 전에

댁이
이 촛불을 끄고

내 품으로
오시오.

나는 댁을 기꺼이
맞이하리다.

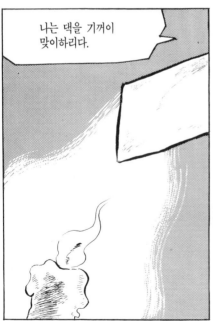

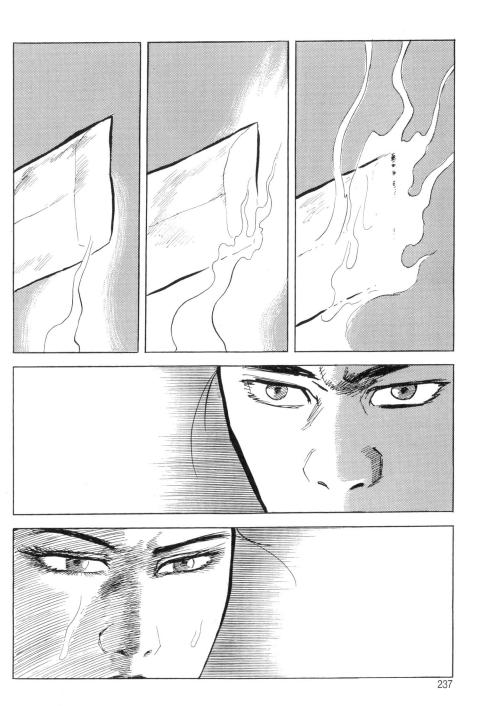

한 가지 권면해
드릴 것이 있습니다.

……

민 대감이
천 행수를 두고 보았다가
다시 직수아문에 사주하여
결옥을 하려들지도
모른다는 것입니다.

고맙소!
명심하리다.

그리고 이것은 저의 부탁입니다.

무엇이오?

천 행수님께는 이 세상에 둘도 없는 배필입니다.

잔금이를 내자로 맞이하십시오.

......

천 행수께서는

진령군께서 뽑은 점괘입니까?

저의 점괘 대로라면…

......

황첩을 태우지도 않았고
내 품에서 떠나지도
않아야겠지만

내 영험도
천 행수 앞엔
소용없나봅니다.

…….

고맙소!

행길이를 핑계대고
형수님을
꼬드겨보리다.

바라건대…
이 야삼경에
행랑 사람을
깨우기도
민망하니

……

242

댁이
대문까지 나가서
빗장을 좀
따주겠소?

싫습니다.

....

행수님은
나의 낭군도 아니고

나 또한

....

외간 남정네한테
문을 열어주기
싫습니다.

알겠소.

그럼….

살펴가십시오.

스르ㄹ

244

『객주』제10권 끝/감사합니다.

객주 10

초판 1쇄 발행 | 2001년 12월 16일
개정판 1쇄 발행 | 2015년 4월 10일
개정판 2쇄 발행 | 2015년 11월 20일

펴낸곳   바다출판사
발행인   김인호
주소   서울 마포구 어울마당로 5길 17 (서교동, 5층)
전화   322-3885(편집), 322-3575(통합마케팅부)
팩스   322-3858
E-mail   badabooks@daum.net
홈페이지   www.badabooks.co.kr
출판등록일   1996년 5월 8일
등록번호   제 10-1288호

ISBN 978-89-5561-730-6 04810
     978-89-5561-717-7 04810(세트)